Ludwig Tieck
Der Weihnachtsabend

Ludwig Tieck

Der Weihnachtsabend

Novelle

Anaconda

Der *Weihnachtsabend* erschien erstmals unter dem Titel *Weihnacht-Abend* in Ludwig Tiecks *Gesammelte Novellen. ermehrt und verbessert.* 14 Bände. Breslau, Max, 1835–1842. Orthografie und Interpunktion wurden unter Wahrung sprachlich-stilistischer Eigenheiten den Regeln der neuen deutschen Rechtschreibung angepasst.

FSC www.fsc.org MIX Papier | Fördert gute Waldnutzung FSC® C014496

Penguin Random House Verlagsgruppe FSC® N001967

3. Auflage

produktsicherheit@penguinrandomhouse.de
(Vorstehende Angaben sind zugleich Pflichtinformationen nach GPSR)

Umschlagmotiv: Georg Janny (1864-1946), »Christkindlmarkt«, 1922, Aquarell, Gouache auf Papier, Privatsammlung, INTERFOTO / fine art images; Abbildung S. 14: Adobe Stock / acrogame
Umschlaggestaltung: www.katjaholst.de
Satz und Layout: InterMedia – Lemke e. K., Heiligenhaus
Druck und Bindung: GGP Media GmbH, Pößneck
Printed in Germany
ISBN 978-3-7306-1413-6
www.anacondaverlag.de

»Das *Wunder* war nicht vor unserer Zeit, es ist zu allen Zeiten. Es ist kein außerordentlicher Zustand, es umgibt uns an allen Orten; es ist in uns, außer uns, unser ganzes Dasein ist ein Wunder. Aber der Mensch ist stumpf dagegen geworden. Die Schwere des Lebens ergibt sich daraus, dass tiefere Naturen das Wunder ahnen, aber nicht erklären können.«

Ludwig Tieck

Man kann annehmen, dass, so sehr poetische Gemüter darüber klagen, wie in unserer Zeit alles Gedicht und Wundersame aus dem Leben verschwunden sei, dennoch in jeder Stadt, fast allenthalben auf dem Lande, Sitten, Gebräuche und Festlichkeiten sich finden, die an sich das sind, was man poetisch nennen kann, oder die gleichsam nur eine günstige Gelegenheit erwarten, um sich zum Dichterischen zu erheben. Das Auge, welches sie wahrnehmen soll, muss freilich ein unbefangenes sein, kein stumpfes und übersättigtes, welches Staunen, Blendung, oder ein Unerhörtes, die Sinne durch Pracht oder Seltsamkeit Verwirrendes mit dem Poetischen verwechselt.

Nur in katholischen Ländern sieht man große, imponierende Kirchenfeste, nur in militärischen glanzvolle Übungen und Kriegsspiele der Soldaten, in Italien haben die öffentlichen Feierlichkeiten der Priester, die mit dem Volke eins sind, so wie die Nationalfeste eher zu- als abgenommen, im Norden, namentlich in Deutschland, werden öffentliche Aufzüge, Freuden der Bürger und dergleichen immer mehr vergessen, das Bedürfnis trägt den Sieg davon über heitre Fröhlichkeit, der Ernst über den Scherz.

Als ich ein Kind war, so erzählte Medling, ein geborener Berliner, war der Markt und die Ausstellung, wo die Eltern für die Kinder oder sonst Angehörigen, Spielzeug, Naschereien und Geschenke zum Weihnachtsfest einkauften, eine Anstalt, deren ich mich immer noch in meinem Alter mit großer Freude erinnere. In dem Teil der Stadt, wo das Gewerbe am meisten vorherrschte, wo Kaufleute, Handwerker und Bürgerstand vorzüglich ein rasches Leben verbreiten, war in der Straße, welche von Cölln zum Schlosse führt, schon seit langer Zeit der Aufbau jener Buden gewöhnlich, die mit jenem glänzenden Tand als Markt für das Weihnachtsfest ausgeschmückt werden sollten. Diese hölzernen Gebäude setzten sich nach der langen Brücke, so wie gegenüber nach der sogenannten Stechbahn fort, als rasch entstehende, schnell vergehende Gassen. – Vierzehn Tage vor dem Fest begann der Aufbau, mit dem Neujahrstag war der Markt geschlossen, und die Woche vor der Weihnacht war eigentlich die Zeit, in welcher es auf diesem beschränkten Raum der Stadt am lebhaftesten herging, und das Gedränge am größten war. Selbst Regen und Schnee, schlechtes und unerfreuliches Wetter, auch strenge Kälte konnten die Jugend wie das Alter nicht vertreiben. Hatten sich aber frische und anmutige Wintertage um jene Zeit eingefunden, so war dieser Sammelplatz aller Stände und Alter das Fröhlichste, was der heitre Sinn nur sehen und genießen konnte, denn nirgend habe ich in Deutschland und Italien etwas dem Ähnliches wiedergefunden, was damals die Weihnachtszeit in Berlin verherrlichte.

Am schönsten war es, wenn kurz zuvor Schnee gefallen, und bei mäßigem Frost und heiterem Wetter liegen geblieben war. Alsdann hatte sich das gewöhnliche Pflaster der Straße und des Platzes durch die Tritte der unzähligen Wanderer gleichsam in einen marmornen Fußboden verwandelt. Um die Mittagsstunde wandelten dann wohl die vornehmen Stände behaglich auf und ab, schauten und kauften, luden den Bedienten, welche ihnen folgten, die Gaben auf, oder kamen auch nur wie in einem Saal zusammen, um sich zu besprechen und Neuigkeiten mitzuteilen. Am glänzendsten aber sind die Abendstunden, in welchen diese breite Straße von vielen tausend Lichtern aus den Buden von beiden Seiten erleuchtet wird, dass fast eine Tageshelle sich verbreitet, die nur hie und da durch das Gedränge der Menschen sich scheinbar verdunkelt. Alle Stände wogen fröhlich und lautschwatzend durcheinander. Hier trägt ein bejahrter Bürgersmann sein Kind auf dem Arm, und zeigt und erklärt dem laut jubelnden Knaben alle Herrlichkeiten. Eine Mutter erhebt dort die kleine Tochter, dass sie sich in der Nähe die leuchtenden Puppen, deren Hände und Gesicht von Wachs die Natur anmutig nachahmen, näher betrachten könne. Ein Kavalier führt die geschmückte Dame, der Geschäftsmann lässt sich gern von dem Getöse und Gewirr betäuben, und vergisst seiner Akten, ja selbst der jüngere und der ältere Bettler erfreut sich dieser öffentlichen, allen zugänglichen Maskerade, und sieht ohne Neid die ausgelegten Schätze und die Freude und Lust der Kinder, von denen auch die geringsten die Hoffnung haben, dass irgendetwas für sie aus der vollen Schatzkammer in die kleine Stube getragen werde. So wandeln denn Tausende, scherzend, mit Planen zu kaufen, erzählend, lachend, schreiend, den süßduftenden mannigfaltigen Zucker- und Marzipan-Gebäcken vorüber, wo Früchte, in reizender Nachahmung, Figuren aller Art, Tiere und Menschen, alles in hellen Farben strahlend, die Lüsternen anlacht; hier ist eine Ausstellung wahrhaft täuschenden Obstes, Aprikosen, Pfirsiche, Kirschen, Birnen und Äpfel, alles aus Wachs künstlich geformt; dort klappert, läutet und schellt in einer großen Bude tausendfaches Spielzeug aus Holz in allen Größen gebildet, Männer und Frauen, Hanswürste und Priester, Könige und Bettler, Schlitten und Kutschen, Mädchen, Frauen, Nonnen, Pferde mit Klingeln, ganzer Hausrat, oder Jäger mit Hirschen und Hunden, was der Gedanke nur spielend ersinnt, ist hier ausgestellt, und die Kinder, Wärterinnen und Eltern werden angerufen, zu wählen und zu kaufen. Jenseits erglänzt ein überfüllter Laden mit blankem Zinn (denn damals war es noch gebräuchlich, Teller und Schüsseln von diesem Metall zu gebrauchen), aber neben den polierten und spiegelnden Geräten blinkt und leuchtet in Rot und Grün, und Gold und Blau, eine Unzahl regelmäßig aufgestellter Soldatesken, Engländer, Preußen und Kroaten, Panduren und Türken, prächtig gekleidete Paschas auf geschmückten Rossen, auch geharnischte Ritter und Bauern und Wald im Frühlingsglanz, Jäger, Hirsche und Bären und Hunde in der Wildnis. Wurde man schon auf eigne, nicht unangenehme Weise betäubt, von all dem Wirrsal des Spielzeuges, der Lichter und der vielfach schwatzenden Menge, so erhöhten dies noch durch Geschrei jene umwandelnden Verkäufer, die sich an keinen festen Platz binden mochten, diese drängen sich durch die dicksten Haufen, und schreien, lärmen, lachen und pfeifen, indem es ihnen weit mehr um diese Lust zu tun ist, als Geld zu lösen. Junge Burschen sind es, die unermüdet ein Viereck von Pappe umschwingen, welches, an einem Stecken mit Pferdehaar befestigt, ein seltsam lautes Brummen hervorbringt, wozu die Schelme laut: »Waldteufel kauft!« schreien. Nun fährt eine große Kutsche mit vielen Bedienten langsam vorüber. Es sind die jungen Prinzen und Prinzessinnen des Königlichen Hauses, welche auch an der Kinderfreude des Volkes Teil nehmen wollen. Nun freut der Bürger sich doppelt, auch die Kinder seines Herrschers so nahe zu sehen; alles drängt sich mit neuem Eifer um den stillstehenden Wagen.

Jedes Fest und jede Einrichtung, so beschloss Medling seinen Bericht, wächst mit den Jahren, und erreicht einen Punkt der Vollendung, von welchem es dann schnell, oder unvermerkt wieder hinab sinkt. Das ist das Schicksal alles Menschlichen im Großen, wie im Kleinen. So viel ich nach den Erinnerungen meiner Jugend und Kindheit urteilen darf, war diese Volksfeierlichkeit von den Jahren 1780 bis etwa 1793 in ihrem Aufsteigen und in der Vollkommenheit. Schon in den letzten Jahren richteten sich in näheren oder entfernteren

Straßen Läden ein, die die teureren und gleichsam vornehmeren Spielzeuge zur Schau ausstellten. Zuckerbäcker errichteten in ihren Häusern anlockende Säle, in welchen man Landschaften aus Zuckerteig, oder Dekorationen, später ganze lebensgroße mythologische Figuren, wie in Marmor ausgehauen, aus Zucker gebacken sah. Ein prahlendes Bewusstsein, ein vornehm tuendes Überbieten in anmaßlichen Kunstproduktionen zerstörte jene kindliche und kindische Unbefangenheit, auch musste Schwelgerei an die Stelle der Heiterkeit und des Scherzes treten. Doch ist mit allen diesen neueren Mängeln, so endigte unser Freund seinen Bericht, diese Christ-Zeit in Berlin, vergleicht man das Leben dieser fröhlichen und für Kinder so ahndungsreichen Tage, mit allen andern Städten, immer noch eine klassische zu nennen, wenn man das Klassische als den Ausdruck des Höchsten und Besten in jeglicher Art gebrauchen will.

Diese Schilderung des Freundes, bei der vielleicht mancher denkt: »wie viel Worte wegen einer Kinderei!«, sollte einer kleinen unbedeutenden Geschichte zur Einleitung dienen, welche sich an dem heiligen Abend vor Weihnachten im Jahre 1791 in Berlin in der Nähe des erst geschilderten Schauplatzes zutrug.

In einem Dachstübchen saß bei einem bescheidenen Lichte eine alte Frau, welche mit großer Emsigkeit nähte, und nur selten von der Arbeit aufsah. Ihr Kind, ein kleines Mädchen von sechs Jahren, stand am kleinen Fenster, und erfreute sich des Scheines, den es seitwärts von der aufleuchtenden breiten Straße her beobachten konnte, denn das Eckhaus stand diesem Schauplatz der Weihnachtsfestlichkeit nahe genug, dass man hier, selbst in dieser Höhe, noch das Getreibe wie ein Summen oder verhallendes Getöse, vernehmen konnte, und der Glanz der vielen Lichter von dorther das Fenster noch streifte, an welchem die Kleine beobachtend stand. Sie freute sich an den Karossen, welche vorbei fuhren, vorzüglich an denen, deren Bediente Fackeln trugen, sie lauschte auf das ferne Getöse, und erwartete mit Ungeduld den Augenblick, in welchem sie sich mit der Mutter ebenfalls auf den vollgedrückten Schauplatz begeben würde. Es war aber noch zu früh, denn man hatte an diesem Tag, der zu den kürzesten und finstersten des Jahres gehörte, nur eben erst das Licht angezündet.

Ach! wie hell!, rief die Kleine plötzlich.

Was ist dir?, fragte die Mutter.

Da unten, in dem großen Haus, sagte das Kind, zünden sie schon den Weihnachten an. Die Leute, die mit den beiden schönen Kindern erst vor acht Tagen da eingezogen sind. Die putzen recht früh ihren Weihnachten auf.

Die reichen Leute, antwortete die Mutter, ohne von ihrer Arbeit aufzusehen, können den Kindern diesen Abend freilich sehr herrlich machen. Sie haben auch wohl Gesellschaft dazu eingeladen.

Große Leute, bemerkte das Kind, passen nicht recht dazu, wenn's nicht auch Eltern sind, die ihre Kinder mitbringen.

Sie freuen sich doch auch, sagte die Mutter, an der Freude der Kleinen.

Das dauert nicht lange, antwortete das Kind, sie sehen die Lichter und Spielsachen an, reden ein bisschen darüber, und gleich kommen sie dann mit ihren altklugen Gesprächen und politischen Neuigkeiten, wie sie es nennen. Das habe ich wohl im vorigen Jahre gemerkt, wie wir noch in dem kleinen Städtchen wohnten. Auch kann ich mich eigentlich an keinen früheren Weihnachten erinnern. Was weiß doch so ein großer, ausgewachsener Mensch, was alles in solchen Püppchen steckt.

Minchen, sagte die Mutter, nachher gehen wir aus, du sollst noch einmal alle die Herrlichkeiten da unten ansehen, und ich habe einen ganzen Taler aufgehoben, um auch für dich, mein Engelchen, einzukaufen.

Die Kleine sprang zur Mutter hin, küsste sie und klatschte dann lebhaft in die Hände. Einen ganzen harten Taler!, rief sie, ei! dafür können wir ja aller Welt Herrlichkeit einkaufen. Du bist aber gut, Mütterchen: gar zu gut! Es ist eigentlich zu viel. Wir brauchten es wohl zu nötigeren Dingen, nicht wahr?

Freilich wohl, sagte die Mutter seufzend, ich möchte dir aber doch auch gern eine recht große Freude machen.

Gehen wir bald?, rief das Kind.

Du weißt, sagte die Mutter, ich muss noch erst die alte Frau Gerstner abwarten. Sie ist immer so freundlich gegen uns, und sie würde mit Recht böse werden, wenn wir nicht noch ein Stündchen blieben. Sie wollte schon nach Tische kommen, sie muss abgehalten sein.

Sie ist gut, sagte die Kleine, aber der Bruder! O Mutter, warum hat doch wohl Gott solche unausstehliche Menschen geschaffen?

Die Mutter, so ernst sie gestimmt war, musste lächeln. Sie machen sich wohl erst selbst so, sagte sie dann: der Schöpfer meint es wohl mit allen gut, dass sie angenehm und liebreich sein könnten.

Ich fürchte mich vor ihm, sagte die Kleine, und auch vor unserm Wirt unten. Tun die Leute nicht immer, als wäre man boshaft und gottlos, wenn man nur arm ist. Wenn ich so recht, recht reich wäre, da wollte ich einmal zeigen, wie man es machen müsse. So höflich wollte ich sein, so angenehm und mildtätig. Alle Leute, besonders die Armen, sollten eine Freude haben, wenn sie mich nur zu sehen kriegten. – Aber warum, Mütterchen, werden wir denn meine Bescherung mir sogar spät aufputzen?

Komm einmal her, mein Kind, sagte die Mutter nach einer Pause, indem sie die Arbeit niedergelegt hatte; lass uns einmal vernünftig miteinander sprechen, du bist ein kluges Kind, und wirst wohl verstehen, wie ich es meine. Sieh, ich bin recht arm, jetzt so, wie ich es ehemals nicht war. Nun bin ich meinem Wirte unten noch von vorigem Vierteljahre die Miete schuldig, der Bruder der guten Frau Gerstner, der Herr Sambach, hat mir auf ihre Vorbitte einiges Geld vorgeschossen, um das er mich auch oft dringend mahnt: beide kann ich jetzt noch nicht bezahlen. Kämen sie nun zufällig zu mir herauf, und das kann ja jeden Augenblick geschehen, so wüsste ich nicht, was ich antworten sollte, wenn sie hier eine große Festanstalt von Lichtern und Geschenken antreffen würden. Darum gehen wir später, weil die Frau Gerstner noch zu mir kommt, und ganz spät, wenn alles schläft, oder in der eignen Familie oder fremder den Abend feiert, putzen wir unser Stübchen hier ein bisschen auf. Das ist das Elend der Armut, dass sie vor harten Menschen sich immer noch ärmer und bettelhafter anstellen muss, damit man von ihnen, auch wenn man ihnen nichts schuldig ist, nicht noch Vorwürfe anhören muss. Und nun gar die, die von uns etwas zu fordern haben.

Das Kind sah vor sich nieder und schwieg still. Bist du verdrüsslich?, fragte die Mutter. Nein, sagte die Kleine, indem sie die großen Augen munter aufschlug, und sich zu lächeln zwang: gar nicht verdrüsslich, aber doch traurig, dass ich freilich nicht so ausgelassen fröhlich sein werde, wie ich es mir heut den ganzen Tag und schon gestern und vorgestern vorgenommen hatte. Als wir uns mal da draußen im Wald verirrt hatten, voriges Jahr, ehe wir noch nach Berlin kamen, wie sahen wir uns an, wie wünschten wir nur einem einzigen Menschen zu begegnen, der uns wieder zurechtweisen könnte. Da kam nach langer Zeit, als ich weinte, und immer stärker weinte, ein wilder schwarzer Mann, ein Kohlenbrenner aus dem Busch, und es war uns, als wenn die Sonne aufginge; denn nun brachte uns der auf den rechten Weg. So dachte ich denn damals in meiner Dummheit: ach! was muss das herrlich sein, in einer großen, großen Stadt zu wohnen, wo man nichts als Menschen und Menschen sieht, dass sie uns trösten, wohltun und uns erfreuen. Und nun sitzen wir so recht mitten unter den Menschen, und sie machen uns nur betrübt, wir müssen uns vor ihnen fürchten, wie im dunkeln Wald.

Man ist oft, erwiderte die Mutter seufzend, im Gedränge der Menschen am einsamsten. Jeder hat mit sich und seiner eigenen Not zu tun, und den Reichen und Vornehmen ist am wohlsten, wenn sie von uns nichts wissen und erfahren. Man sollte denken, alle Einrichtungen und Gesetze wären nur dazu gemacht, dass wir ihnen ja nicht zu nahe kommen sollen.

Jetzt klopfte es an die Tür, und die erwartete Frau Gerstner trat herein. Das Kind, welches recht gut Blicke und Mienen der Mutter verstand, ging, nachdem es die eintretende alte Frau anständig begrüßt hatte, in das Kämmerchen, welches noch vom Vormittag her warm war, und wo die Betten standen. Minchen zündete sich selbst recht geschickt die Lampe an, und entfernte sich, um ihre Leseübung fortzusetzen, und von Zeit zu Zeit durch das verschlossene Fenster auf die Straße hinabzusehen.

Ich bringe Ihnen keine Hilfe, liebe Frau Nachbarin, begann die Fremde, denn mit meinem Bruder ist ein für alle Mal nichts anzufangen. Mein Mann hat nichts übrig, wie Sie wissen, und wenn er es hätte, würde er es nicht so zweifelhaft anlegen wollen. Mein eigensinniger Bruder will aber die fünf Taler, die Sie ihm noch schuldig sind, fahren lassen, wenn Sie auf seinen Vorschlag eingehen mögen.

Liebe Freundin, sagte die Mutter mit traurigem, aber bestimmten Ton, ich kann es nicht, wie Sie ja selbst einsehen müssen. Mit meiner schwachen Gesundheit mich in einen offnen Laden hinsetzen und die Käufer abwarten, bei dieser Witterung – und was sollte nachher aus meinem Kind werden?

Liebe arme Frau, erwiderte jene, Sie haben freilich Recht, und doch auch wieder Unrecht. Ehe man ersäuft, rettet man sich doch lieber für den Augenblick auf einem schwachen Brett; vielleicht kommt nachher bessere Hilfe. Sie sehen ja doch, dass es mit der Stickerei nicht geht und ausreicht. Es ist wahr, Sie machen es schöner und besser, als ich es noch gesehen habe, aber Sie sind nicht persönlich mit den Vornehmen, oder auch den großen Kaufleuten bekannt. Der Bürgersmann braucht dergleichen nur selten, und so müssen Sie es immer auf Geratewohl unter dem Preis Leuten hingeben, die damit herumlaufen und es anzubringen suchen.

Sie haben Recht, antwortete die Mutter, ich habe aber immer gehofft, Ihr Bruder, oder Ihr Mann, oder der Hauswirt hier unten, würde mir eine Stelle als Haushälterin bei einem Kaufmann, Witwer oder wohlhabenden Bürger ausfinden können, wohin ich dann auch mein Kindchen mitnehmen könnte.

Liebstes Kind, sagte die Fremde, das ist schwer, fast unmöglich. Wo wir so hinkommen, zu den kleinen Bürgersleuten, da gibt es solche Stellen nicht. Da ist die Frau Ausgeberin und alles, schon Glücks genug, wenn sie sich noch eine Magd halten kann. Der einzige Weg, wenn es gelingen soll, ist: dass Sie sich mit ihrem Wunsch und Anerbieten in die Zeitungen setzen lassen.

Liebe Frau Nachbarin, erwiderte die Mutter, das eben scheint mir das Unmöglichste von allem; denn wollte ich auch meine Furcht vor diesem Schritt überwinden, so würde man doch gleich Zeugnisse verlangen, dass ich der Stelle auch gewachsen, dass ich treu und ehrlich sei, wo sollte ich die hernehmen, da ich bis jetzt noch niemals so etwas versuchte, sondern immer meine eigene

Wirtschaft führte? Die Leute, denen ich hilfreich sein möchte, und die meine Sorgfalt etwa brauchen könnten, Kaufleute aus dem Mittelstand, Witwer und Greise, die ohne Familie, oder mit unerwachsenen Kindern leben, würden meine Anzeige auch schwerlich beachten. So hoffte ich immer, die persönlichen Bemühungen meiner Freunde und Bekannten würden mir etwas ausmitteln können.

Wissen Sie aber wohl, fing die Nachbarin wieder an, dass mein Bruder manchmal recht böse auf Sie ist? Ich verteidige Sie, so viel ich kann; aber er hält Sie für stolz und hoffärtig.

Mich?, sagte die Mutter, mit einem Ausbruch der Wehmut; ich denke, ich bin tief genug hinabgestoßen, und habe alles aufgegeben, was ich wohl sonst für recht und notwendig hielt.

Die Männer, sagte jene, verkennen oft, was das Beste an uns Frauen ist. Und mein Bruder setzt nun etwas darin, barsch und ungezogen zu sein, er denkt, das ist brav und deutsch. Nun hält er auf sein Gewerbe, wenn es auch nur ein kleiner Kram ist, aber er ist doch Meister, er hat alles bezahlt und entrichtet, was dazu nötig ist; die Abgaben, die Miete, nichts bleibt er schuldig, und so ist er mit Ehren alt geworden, und hat keine Kinder. Eine treue Person in seinem Laden hätte er gern; der

Laden ist offen, das ist wahr, aber er meint, wenn er Glastüren vor hätte, so würde die Umständlichkeit manchen Käufer abschrecken. Er selbst muss arbeiten, und kann nicht immer den Verkauf abwarten, so sitzt bald ein Geselle, bald ein Bursche, bald die Hausmagd dort. Das ist ihm aber nicht reputierlich genug; auch kann er ja nicht wissen, ob die Leutchen ganz ehrlich mit ihm umgehen. Sehn Sie, Liebe, Sie überstehen den Winter schon. Sie denken sich es zu schlimm. Und, unter uns gesagt, aber Sie werden sich nichts merken lassen, oder mich verraten, der alte Mensch, mein Bruder, spekuliert noch ganz anders. Er hat keine Kinder, ist auch nicht in dem Alter, dass er noch welche kriegen könnte: Sie sind bei anständigen Jahren, aber so sauber und annehmlich, wie manche junge hübsche Frau es nicht ist, so will unser Brummbär Sie dann, wann Sie erst ein paar Wochen so gleichsam im Dienst bei ihm gewesen sind, heiraten. Und, Liebchen, wenn Sie erst seine Frau sind, so können Sie ihn gewiss zu allen Dingen bringen. Glauben Sie mir nur, so ein Bär und wilder Mann ist viel leichter zu bezähmen und zu regieren, wie so ein sanfter, stiller Mann, wie der meinige ist. Dann lässt er gewiss für den künftigen Winter Glastüren vor seinen Laden machen, und Sie sitzen als Frau vom Hause wie eine Prinzessin darin, und können auch noch einen kleinen Ofen anbringen lassen. Denn ihm ist es hauptsächlich darum zu tun, einer rechtlichen braven Person seine Wirtschaft so ganz und unbedingt zu übergeben; für eine solche hält er Sie, und als seine angetraute Frau, meint er, würden Sie sich seines kleinen Vermögens mit ganzem Eifer annehmen, da es nachher doch auch das Ihrige ist. Sehen Sie, wie gut ich es mit Ihnen meine, denn, wenn ich ihn überleben sollte, würde ich doch sein Bisschen von ihm erben. Sie können, liebwerteste Frau Nachbarin, auf keine Weise besser für sich und Ihr hübsches Kindchen sorgen. Aber er, mein Bruder, hält Sie für zu stolz, in solchem kleinen Laden als Verkäuferin zu sitzen, Sie sind viel zu hochmütig, als dass Sie ihm die Hand vor dem Altar reichen sollten: Sie wünschen, dass man Sie »Madam« tituliert, und nicht »Frau Meisterin«. Sie wollen Ihr Kind zu einer Gelehrten erziehen, dass es seine feinen weißen Händchen hübsch schonen kann. – Was antworten Sie mir nun auf meine ehrliche Rede und aufrichtige Meinung?

Liebe Frau, sagte die Mutter in großer Verlegenheit, lassen Sie mir Zeit nachzudenken, alles zu überlegen nur bis Neujahr. Mein Schicksal ist ein trauriges, ein herbes; Sie und Ihr Herr Bruder meinen es auf Ihre Art gut mit mir – und doch können Sie sich in meine Empfindung, in meine Trauer nicht hinein denken. Man versteht ja einander so oft nicht im Leben, wenigstens nicht so ganz, um nicht dem Freunde, dem Bekannten Unrecht zu tun. – Ach! wenn nur mein Minchen nicht wäre! – Und doch ist das Kind wieder mein höchstes, mein einziges Glück. – Es ist aber wohl möglich, dass es zum entsetzlichen Elend hinan wächst.

Jetzt, Liebchen, fuhr die Nachbarin fort, ist eine so hübsche trauliche Abendstunde, und ich habe auch noch etwas Zeit; jetzt erzählen Sie mir doch etwas von Ihrer Geschichte, wie Sie mir schon so oft versprochen haben.

Die Mutter war sehr nachdenkend geworden. Tausend Gedanken gingen ihr eilig durch den Geist, und sie vermochte nicht sie zu ordnen, oder einen festzuhalten. Sie war entschlossen, sich von diesen Verbindungen gutdenkender, aber engherziger Menschen loszumachen, aber doch konnte sie keine Hoffnung einer Möglichkeit fassen. Sie erschrak, dass man ihr vorschlagen konnte, in ihrem Alter noch eine eheliche Verbindung mit einem Mann einzugehen, den sie nicht achten konnte, von allen andern Hindernissen abgesehen. Jetzt war sie entschlossen, ihre jetzige Lage durchaus zu ändern, sich von allen diesen Bekanntschaften, die sie nur so ängstigten, zu entfernen, und Mittel aufzusuchen, die ihr ein freieres Dasein sicherten. Der Entschluss stand unerschütterlich, nur fand sie jetzt noch kein Mittel, auch nur ein wahrscheinliches, ihn auszuführen. So hin und her denkend und fühlend, indem sie sich auch Vorwürfe machte, dass sie den guten Willen dieser Menschen, die von ihrem Gemüt nichts wussten und ahndeten, verkennen müsse, entschloss sie sich endlich, der wohlmeinenden Nachbarin ihre Geschichte zu vertrauen, um wenigstens jenen unbegründeten Vorwurf des Hochmuts von sich abzuwälzen.

Sie stand auf und ging in die kleine Schlafkammer. Hier saß das Kind Wilhelmine, und las mit gefalteten Händen in einem Gesangbuch die heiteren Weihnachtslieder, die gutmeinende fromme Seelen in kindlicher Einfalt gedichtet haben, und die darum auch jetzt noch jedes reine Herz, wie vielmehr das eines guten Kindes, wie mit dem sanften Flügelschlag von Engelsfittichen berühren.

Die Mutter kehrte zurück, putzte das Licht und sagte dann: nein, liebe Nachbarin, nicht hochmütig sollen mich meine Freunde schelten, und darum will ich Ihnen etwas von meinem Schicksal erzählen, damit Sie fühlen können, warum ein unvertilgbarer Schmerz mein Leben trübt, und jede Heiterkeit fast unmöglich macht.

Im nördlichen Deutschland, in einer bedeutenden Stadt bin ich geboren und erzogen. Meine Eltern waren wohlhabend, man wollte sie sogar reich nennen, und so war meine Erziehung von der Art, wie jeder gute Mensch sie seinen Kindern wünschen muss. An unser Haus grenzte ein noch größeres, dessen Besitzer noch reicher war, als mein Vater. Dort lebte ein Knabe, einige Jahre älter als ich, ein liebes, verständiges Kind, mit dem ich meine müßigen Stunden in allerhand heiteren Spielen vertrieb. Als wir größer wurden, erfuhren wir es von unseren Eltern zuerst, dass wir uns lieb hätten, oder uns liebten, wie man es in der herkömmlichen Sprache ausdrückt. So wuchsen wir heran, und wurden schon lange von allen Bekannten Braut und Bräutigam genannt, bevor wir uns verlobten. Als dies geschah, wurden wir weit schüchterner in unseren Scherzen und Gesprächen, denn mein Verlobter merkte nun, dass es ein wirkliches ernstes Leben gäbe, und ich wurde über meine Gefühle ebenfalls belehrt, die ich bis dahin nur so hatte walten lassen. Alles, was Bedeutung, Inhalt hat, hat eben dadurch auch etwas Furchtbares; und kein Mensch fühlt das so stark, als die kindliche Jungfrau, die ihrer Bestimmung entgegen reift. Ist das Schicksal des Mannes ernst, darf der Übergang von Kindheit und Jugend zum Alter Besorgnis erregen, so hat dieser Augenblick für das Mädchen etwas Gespenstisches. Wenn sie nämlich denkt. Denn eben, weil wir nur mit Puppen, unsern zukünftigen Kindern, spielen, ist uns die Erklärung, die in unser Leben tritt: es sei nun Ernst mit diesem Scherz! umso furchtbarer. Wie wenige glückliche Ehen gibt es. Wie bildet sich nun erst bei den meisten Menschen Lüge und Unwahrheit aus! Wie viele wenden sich jetzt auf ewig vom Angesicht der Wahrheit ab!

Ich war aber mit meinem Friedrich in der Ehe unaussprechlich glücklich. Er liebte mich wahrhaft, so wie ich ihn; wir lebten im Wohlstand und erfreuten uns jedes neu aufgehenden Tages. Wir hatten, so schien es, viele Freunde, denn unser großes Haus wimmelte oft von Gästen, und Freude und Lust ertönte in den Sälen beim Gastmahl. Alle Welt pries uns glücklich, viele beneideten uns wohl auch. Nach einem Jahr gebar ich mein erstes Kind, einen Knaben, der in der Taufe den Namen Heinrich erhielt. Als der Vater meines Gatten starb, übernahm mein Mann dessen Geschäfte ebenfalls, so war er nun Vorsteher einer großen Fabrik, und führte zugleich einen beträchtlichen Speditions-Handel. – Nach einigen

Jahren waren wir die Eltern von vier gesunden und blühenden Kindern, und unser Wohlsein wäre fast so vollkommen gewesen, wie es irdisch möglich ist, wenn sich nicht zweierlei in meinem Gatten immer mehr entwickelt und unsere Zufriedenheit gestört hätte. So gut mein Gatte war, so überraschte ihn doch von Zeit zu Zeit ein Jähzorn, der sich bis in das Furchtbare steigern konnte, wenn er alsdann Widerspruch erfuhr. Man musste ihn austoben lassen, und da viele seiner Untergebenen diese seine Art nicht kannten, oder sich ihr nicht fügen wollten, besonders Fremde, die von ihm nicht abhängig waren, so fielen oft die unseligsten Auftritte vor. Meine Bitten, seine stets erneuerten Vorsätze, sich zu ändern und zu bessern, halfen zu nichts. Seine Verstimmung wandte sich aber nicht selten gegen sein eigenes Wesen und Schicksal. So wohl es ihm eigentlich ging, so unzufrieden war er doch mit seinem Beruf. Er zürnte seinem verstorbenen Vater, dass er seinem Wunsche, ihn studieren zu lassen, nicht nachgegeben hatte. Mein Mann war geistreich, witzig, belesen, er hatte Menschenkenntnis und Gedächtnis, sodass er sich vielleicht nicht mit Unrecht einbilden durfte, er sei zu einem ausgezeichneten und berühmten Gelehrten von der Natur bestimmt gewesen.

Nur der Gedanke, dass sein ältester Sohn Heinrich diesen Stand erwählen und in ihm groß werden sollte, konnte ihn einigermaßen über seinen verfehlten Lebensplan trösten und beruhigen. Diesem Sohn, der viele Fähigkeiten verriet, wurden nun geschickte Lehrer gehalten, er wurde früh auf das Gymnasium, welches in unserer bedeutenden Stadt ein berühmtes war, geschickt, und erhielt von seinen Lehrern das Lob großen Fleißes und eines untadeligen Betragens. Aber unerachtet dieser Lobeserhebungen entdeckte mein scharfsinniges Auge bald, dass die Sinnesart meines Heinrich nicht für einen Gelehrten passe. Gerade alles, was der Vater verachtete, war ihm lieb, alles, was sich auf Handel, Maschinen und Fabrikwesen bezog, war ihm höchst wichtig, und der Geist des Großvaters schien in ihm sich neu zu beleben. Sein größtes Entzücken aber waren die Beschreibungen von weiten und gefährlichen Seereisen, von entfernten, fremden Ländern, Entdeckungen unbekannter Inseln, und die berühmten großen Kaufleute der verschiedenen Jahrhunderte standen ihm als die herrlichsten Musterbilder vor seiner Einbildung. Er hatte bald bemerkt, dass er diese Leidenschaft vor seinem heftigen Vater verheimlichen müsse, und so war ich, ohne dass ich es suchte, seine Vertraute geworden. Es war vergeblich, als er älter war, wenn ich es versuchte, ihn dem Lieblingswunsch seines Vaters geneigt zu machen, denn als er erst im Stande war, über seinen Beruf nachzudenken, erklärte er unverhohlen, dass er nichts so sehr als den Stand und die Bemühungen eines Gelehrten verabscheue; Kaufmann wolle er werden, und in einer großen Seestadt seine Lehrjahre überstehen, um künftig dann reisen, und als Mann einer ausgebreiteten Handlung vorstehen zu können. Es war natürlich, dass sein Fleiß auf der Schule nachließ, dass die Lehrer über ihn klagten, dass der Vater zornig war. Mit dieser Verstimmung vereinigte sich noch der Verdruss, dass unsere Geschäfte so wie unser Vermögen sich auffallend verringerten. Da der Führer desselben das nicht leichte, sondern verwickelte Geschäft mit Unlust trieb, die besten Arbeiter seine Fabrik verließen, und durch allerhand Ereignisse der Zeit der Speditions-Handel weniger tätig wurde, so verlor sich allgemach der Glanz unsers Hauses, und mit diesem entwichen auch die meisten Freunde und Anhänger. Missmut, Verdruss, Zorn, sein unglückliches Temperament warfen meinen Mann auf das Krankenlager; dieser erste Anfall seiner Gicht, die ihn nachher niemals wieder verlassen hat, war furchtbar. Ich war Tag und Nacht seine Pflegerin, und erfuhr nun von ihm in den Stunden, in welchen er wieder ganz sanft und liebenswürdig war, dass er sich von Schwindlern hatte missbrauchen lassen, die, seine Gutmütigkeit kennend, ihn zu ganz törichten Projekten und Spekulationen verleitet hatten, durch welche große Kapitalien verloren, und in denen diese Betrüger nur die Gewinner waren. So hatte sich denn der Horizont unsers Lebens allgemach verfinstert.

Ei!, sagte Frau Gerstner, die Erzählerin unterbrechend, das, liebe Madam, habe ich nicht gewusst und mir nicht träumen lassen, dass Sie einmal in der Welt eine so glänzende Rolle gespielt haben. Ja, da – da begreife ich nun wohl manches – auch dass Sie nicht so sehr nach dem kleinen Laden begierig sein können.

Das ist alles vorüber und auf immer verschwunden, antwortete die Mutter; ich bejammere jetzt meine Verblendung, als ich in jenem Zustand war, denn jetzt könnte ich mit meinem armen Kindchen ein Jahr von dem leben, was uns damals eine einzige prahlerische Mittagstafel kostete, an welcher elende Menschen lachend und wohlgemut schwelgten. Ach! ich wusste damals nicht, was die Armut zu bedeuten hat.

O Madam, sagte die Gerstner, Sie sind aber wahrhaftig recht gütig, dass Sie mir so mitteilsam Ihre Lebensgeschichte erzählen. Ich hatte sie mir ganz anders gedacht.

Ich bitte, sagte die bekümmerte Mutter, dass Sie mich wieder, so wie bisher, immer Freundin und Nachbarin nennen. Sie sind mehr wie einmal meine Wohltäterin gewesen, seit ich in diese große Stadt gekommen bin. Das kann und werde ich niemals vergessen. Jetzt stehe ich tief unter dem kleinsten und ärmsten Bürgersmann; mein Schicksal zwingt mich, bei jedem Hilfe zu suchen.

Nobel gedacht!, sagte Frau Gerstner; das könnte ich nimmermehr so, wie Sie, über mein Herz bringen. Da es nun aber einmal so heißen soll, liebste, gelehrteste Frau Nachbarin, so haben Sie jetzt die Güte, in Ihrer Geschichte, die mir sehr rührend ist, fortzufahren.

Wir standen also, sprach die Mutter, zur Welt in einem ganz anderen Verhältnis, als bisher. Durch alle diese Leiden schien mein Mann, als er wieder besser war, früh alt geworden zu sein. So sehr er sonst die Menschen aufgesucht hatte, eben so eifrig vermied er sie jetzt. Er war ihnen oft ganz feindlich und schalt das ganze Geschlecht. Mit Nachteil verkaufte er seine Fabrik, und zog sich ganz auf den Stand eines mittelmäßigen Spediteurs zurück. Ein sicheres, aber wenig einträgliches Geschäft, und umso weniger, da mein Mann oft durch Unpässlichkeit gehindert wurde, ihm mit Tätigkeit und Fleiß vorzustehen. Wir hätten in der Beschränktheit noch sehr glücklich sein können, wenn wir uns dem Schicksal gefügt, wenn wir seinen Winken Folge geleistet hätten. Denn gewiss ist es Schicksal, wenn schon fast erwachsene nicht unkluge Kinder mit festem Sinn eine Meinung aussprechen, welche ihren Beruf und ihr künftiges Leben bestimmen soll. Und so war es mit unserm Heinrich, der nun fast schon neunzehn Jahre alt war und in wenigen Monaten zur Universität abgehen sollte. Ich, seine Vertraute, war Ursache, dass er nicht schon längst mit dem Vater von seinen Absichten und Wünschen gesprochen hatte, weil ich die Szene, die ich in diesem Fall vorher sehen konnte, zu sehr fürchtete.

Der Geburtstag des Sohnes kam heran. Ich hatte einige Geschenke besorgt, Kleidungsstücke, wie er sie liebte, einiges, was ich ihm selbst genäht und gearbeitet hatte, Stickereien, wie auch Männer sie tragen. Mein Mann hatte ein Getreibe und Geschicke, dass ich wohl sah, es sollte etwas Bedeutenderes werden, er wollte es mir aber nicht sagen, womit er unseren Heinrich zu überraschen dachte. Der Tag kam, der Sohn war gerührt, er dankte mir für meine Arbeiten mit Tränen, und nun öffnete sich die andere Tür – und eine große

Anzahl Bücher, teure Werke, Lexika, Ausgaben von Klassikern, Folianten und Quartanten standen prahlend da, von Blumen und Lorbeerkränzen umschwebt.– Der Vater hatte auf Überraschung, freudigen Schreck und dann, nach der Besinnung, auf enthusiastische Freude des Jünglings gerechnet,– und da nun alles ganz anders wurde, Heinrich bald die Bücher, bald den Vater mit einem Blick kalter Verwunderung betrachtete, so war ich auf meinem Sessel schon einer Ohnmacht nahe, denn auf dem Angesicht des Vaters zeigte sich die Röte, jenes Feuer im aufgerissenen Auge, welches alles ich, so wie die schwellende Ader, das zitternde Nagen an der Unterlippe nur zu gut kannte, um nicht zu wissen, dass jetzt die schrecklichste Explosion von Wut und Raserei ausbrechen würde.

So kam es denn auch. – Erst, mit scheinbarer Mäßigung fragte der Vater noch: diese Bücher scheinen dem Herrn Sohn die Freude nicht zu machen, die ich mir versprochen habe? Heinrich sagte zögernd: lieber Vater – Es steckt ein ganzes Kapital darin!, schrie dieser: mancher Professor wünscht sie sich umsonst. – Hören Sie mich an, lieber Vater, sagte Heinrich leichenblass, – ich kann sie nicht brauchen, da ich fest entschlossen bin, statt auf die Universität, mich auf ein großes Comptoir in der Seestadt zu begeben, weil ich fühle, dass ich nicht zum Gelehrten tauge. – Hier hörte ich nun einen grässlichen Fluch aus dem Mund meines Mannes, und mit angestrengter Kraft packte er den größten Folianten, und schleuderte ihn wütig nach dem Haupt des Sohnes, indem er rasend mit dem Mund schäumte. Mein Heinrich stürzte getroffen nieder, er hätte ausweichen können, aber ich sah, dass er es nicht wollte. Aus einer großen Kopfwunde blutend, lag er jetzt betäubt und wie ohne Bewusstsein auf dem Boden, und der Vater, sich selbst in Wut nicht kennend, sprang auf den Gefallenen und trat ihn, indem er furchtbar mit den Zähnen knirschte. So wurde der Geburtstag unseres Ältesten gefeiert. Dass ich weinte und schluchzte, vergeblich bat und flehte, wurde von dem Rasenden nicht einmal bemerkt. Der Sohn erhob sich endlich schweigend, taumelte und ging auf den Vater zu, der sich indessen etwas gesammelt hatte; es schien, Heinrich wollte ihm etwas sagen, doch er verstummte, sah aber meinen Mann mit einem so sonderbaren Blick an, dass der Vater gewiss noch auf seinem Todesbett diesen unbeschreiblich seltsamen Blick in seiner Brust empfunden hat. Der Sohn ging so stumm nach seinem Zimmer, und mit zitternder Hand klingelte der Vater. Als der

Diener kam, sagte er: geht zu meinem Sohn Heinrich, holt den Arzt, er ist nicht wohl und hat eine Wunde am Kopf.

Nun musste ich, zwar sanft vorgetragen, die Vorwürfe des Mannes erdulden: wie ich gewiss um alles gewusst, ihm nie von den Dummheiten gesagt, ich also eigentlich die Schuld von allem trage. Da ich sein Temperament kannte, schwieg ich, als wenn er im vollkommenen Recht wäre, und nur am Abend, als ich ihn nachdenkend und in sich gekehrt sah, sprach ich für den Sohn. Er hatte gewiss schon sein Unrecht eingesehen und würde es auch bekannt haben, wenn ein ganz eigner Stolz es ihm nicht unmöglich gemacht hätte. Morgen früh, sagte er endlich, will ich mit dem einfältigen Jungen vernünftig und ruhig sprechen. Will er's dann durchaus, so mag er denn auch so ein elender Mensch werden, wie ich selber bin. Er hat keinen Stolz in sich, der Armselige, sonst würde er es einsehen, wie gut ich es mit ihm meine. – Der arme Vater konnte, so war sein Herz gepresst, die ganze Nacht nicht schlafen. Lange vor Tage machte er sich auf, zündete selbst das Licht an, und ging sorgend und leise mit sich selber sprechend, in das Zimmer des Sohns. Er glaubte, ich schliefe, aber mich hatte ebenfalls die Sorge wach erhalten. Eilig zog ich mich an, um die

Versöhnung mit dem lieben Kind mit dem Vater zugleich zu feiern. Ich horchte mit gespanntem Ohr und klopfendem Herzen, denn ich dachte in jedem Augenblick, dass sie kommen und Arm in Arm hereintreten würden. Eine Viertelstunde verging so und noch eine, und mein Herz klopfte immer ängstlicher. Endlich konnte ich nicht länger bleiben, ich stieg die Treppe zitternd hinauf, in Angst, dass sich ein neuer Streit entsponnen haben mochte. Als ich mich aber der Tür näherte, war alles still, mir war, als hörte ich weinen und schluchzen. Ich trat in die Stube – und – den Anblick werde ich niemals vergessen: – der große, stolze Mann lag bleich und heftig weinend, leichenblass und ganz zerbrochen, vernichtet und trostlos im Sessel, er konnte vor Schluchzen nicht reden, stumm hielt er mir nur mit heftig zitternder Hand ein Blatt entgegen. Ich nahm und las. Es war ein Brief von unserm Sohne. Er sagte hier, dass er auf ewig Abschied nehme, dass er uns nicht sagen wolle, wohin er gehe, er habe aber unabänderlich seinen Beruf gewählt. Er sei alt genug, sich selbst zu helfen, und danke für seine Erziehung und für alles, was ihn der Vater habe lernen lassen. Von mir nahm er mit Liebe Abschied, und den Vater bat er um Verzeihung, dass er ihm die Freude nicht habe machen können, die er von ihm erwartet habe. Sonst waren in diesem verständigen Brief auch einige harte und herzzerreißende Stellen. So sagte er im Anfang mit schrecklicher Bitterkeit, mit den Füßen habe ihm an seinem Geburtstag der Vater den Brief geschrieben, der ihn frei und los spreche; mit Blut sei diese Lossprechung unterzeichnet worden, und da er weder verheißen könne noch wolle, dass er sich bei einer wiederkehrenden Veranlassung nicht widersetzen würde, so sei es besser für beide, dass sich das Angesicht des Vaters und Sohnes niemals wieder gegenüber ständen. –

Als der Vater sich am Weinen gesättigt hatte, wütete er gegen sich, nannte sich Kindermörder, verfluchte seinen Jähzorn und sein heißes Blut, und ruhte nicht eher, als bis er schon am folgenden Tag wieder auf dem Krankenbett gefährlich darnieder lag. Wir forschten nach dem Sohn, konnten aber keine Spur entdecken. Unter fremdem Namen musste er Stadt und Land verlassen haben. – Meine Augen haben ihn seitdem nicht wiedergesehen, und der Vater hat sterben müssen, ohne sich an seinem Anblick trösten zu können.

Die Erzählerin weinte und verbarg das bleiche Antlitz in ihrer Schürze, da lief in großer Aufregung die kleine Tochter herein und rief; Ach! Mutter! Mutter! das war recht schrecklich und kurios! Drüben, wo die hübschen Kinder unten in den großen Fenstern und Stuben wohnen, sieh, alles war so schön hell, man konnte von hier nun von den großen Pyramiden mit den vielen, vielen Lichtern etwas sehn, nun gingen sie, kamen sie, mit einem Mal brannte der Fenstervorhang lichterloh: ich hörte bis hier hoch hinauf das laute Schreien von Kindern und allen. Da kam ein langer Mann, und riss den ganzen Vorhang herunter. Auch das Fenster machten sie auf, dass der Qualm herausziehen konnte. Unten auf der Gasse schrien schon etliche Feuer. Es war alles eigentlich recht lustig; besonders weil doch kein Feuer ausgekommen ist.

Die Mutter hatte sich wieder gesammelt, sie sprach noch einige Worte mit dem Kind. Die Kleine ging auf einen stillen Wink in die Schlafkammer zurück, wo sie sich wieder zum Buch hinsetzte. Die Frau Gerstner sah die Erzählerin mit einem aufmerksamen, anfordernden Auge an, und diese fuhr auch mit bewegter Stimme fort: Ja, liebe Freundin, ich habe in meinem noch nicht so gar langen Leben viele Schmerzen, unendlich viel trübe Stunden, Tage, Wochen und Monate überstanden. Es zeigte sich immer deutlicher, dass wir eigentlich schon durch Unfälle, und auch Verschulden, arm geworden waren, und auch dieser Zustand hätte noch erträglich, vielleicht sogar nicht ohne Glück sein können, wenn der stolze Charakter meines Mannes diese Armut nur hätte ertragen können. So aber ärgerte er sich über sich selbst und mit anderen herum und sein Leben und die Menschen, selbst die besseren, wurden ihm unerträglich. Nur ein Mann hielt bei uns aus, und ertrug mit Wohlwollen diese menschenfeindliche Stimmung, unser Hausarzt, der meist täglich in unser Haus kam, denn auch ich und die Kinder kränkelten oft und viel.

Nun war ich schon in Jahren, auch die andern Kinder, zwei Mädchen und ein Knabe, waren schon ziemlich erwachsen, als ich mich plötzlich, gegen mein und aller, selbst des Arztes Erwartung, wieder guter Hoffnung fühlte. O meine Freundin, als nun mein Minchen, das liebe Kind, welches Sie kennen, zur Welt kam, als ich in wehmütiger Freude und Schmerz auf meinem Lager lag, da suchte der Herr uns heim auf eine eigene Art. Ich hatte meine Kinder schon lange nicht gesehn, nun gestand mir endlich der Arzt, sie lägen alle tödlich am Scharlach darnieder. Sie starben auch und wurden begraben, ohne dass ich die geliebten Leichname nur wiedergesehen hätte. Meinem Mann war in Schreck, Angst und Trauer die Gicht in den Magen getreten, und er lag ohne Hoffnung. Das war ein Hauskreuz. Ich konnte in meinem Jammer das arme Würmchen nicht selbst stillen, und wir mussten eine Amme annehmen. – So war alles vormalige Glück wie ein Traum versunken, nur mein Minchen, das die Mutter noch nicht einmal kannte, war mein Ganzes, meine Gegenwart und Zukunft. So wie ich nur aufstehen durfte, ergab ich mich ganz der Pflege meines Mannes und Kindes. Über die Gestorbenen sprachen wir gar nicht mehr, der Arzt war wie unser Bruder, so wusste, so teilte er allen unseren Kummer. Es war ein Trost, dass wir endlich von unserem ältesten Sohn, Heinrich, wieder etwas hörten. Er schrieb uns aus Westindien, und war ein gemachter Mann. Ob er schon verheiratet war, konnten wir aus seinem Brief nicht ersehen, denn er meldete, dass er uns nächstens überraschen würde. Auch der Vater war über das gute Fortkommen seines Sohns höchlich erfreut, nur war sein körperliches Leiden so übermächtig, dass er fast nichts anderes denken oder fühlen konnte. Jetzt kam der Arzt oft zwei-, dreimal am Tag, es war nicht selten, dass er einige Stunden in der Nacht beim Kranken wachte, weil die seltsamsten Zufälle und Umsetzungen der Krankheit oft die schnellste, augenblickliche und starke Hilfe der Arznei notwendig machten. So ging nun mehr als ein Jahr hin. Minchen war gesund und schön und lieblich, wie ein Engel. Ach, aber, wenn nun mein armer Mann scheinbar auf ein paar Tage wieder etwas besser war, wenn er aufstand, umher ging, sprach und etwas las, und er wohl das Gelüst empfand, eine einfache kräftige Lieblingsspeise selbst mit Bewilligung des Arztes zu genießen, und nun nach kurzer Zeit die furchtbaren Magenkrämpfe wieder eintraten, und er nun sich, die Natur und Welt mit den grässlichsten Ausrufungen verfluchte, sich in seinen namenlosen Leiden wand, und selbst jede Teilnahme und Liebe, jedes freundliche Wort mit Wüten und Rasen von sich wies: – nein, es gibt keine Sprache, um sein Unglück und meine Empfindungen zu schildern. Wenn man darüber grübelt, warum manche Menschen so viel mehr als Millionen andere so fürchterliche Schmerzen ausstehen müssen, so ist man jedes Mal in Gefahr, den Verstand zu verlieren. So kam denn nun noch, als wir immer im Stillen dachten: jetzt und wieder jetzt kann unser Sohn Heinrich zur Tür hereintreten! eine entsetzliche Nachricht. Auf einer Geschäftsreise hatte er Schiffbruch gelitten, von Holland schrieb es uns einer seiner Freunde und legte die gedruckte Liste der Umgekommenen bei. Unser Heinrich war ausdrücklich genannt, und zwar mit seinem wirklichen, wie mit seinem angenommenen Namen. Dieser Holländer fügte noch hinzu, dass er fast bis zu den letzten Augenblicken um unseren Heinrich gewesen sei. Auf einem Mastbaum hatten sie sich beide zu einer einsamen Klippe treiben lassen, die sie beide mühsam erklimmt, und dort die Nacht frierend, hungrig und in Trauer zugebracht hätten. Mein Heinrich hatte schon auf dem Schiff an einem Fieber gelitten. Mit dem Morgen fasste der Freund den Entschluss, sich in das Meer zu stürzen, und sich an das freilich weit entlegene Ufer zu retten. Heinrich war zu matt, um dies zu wagen, und so nahmen sie, wie zwei Verzweifelte, Abschied voneinander. Heinrich beschwor ihn nur noch, uns, den Eltern, von seinem unglücklichen Ausgang Nachricht zu geben, und das war denn auch geschehen. Der Freund gelangte mit Lebensgefahr nach Stunden erst an das Ufer, von da nach vielen Mühseligkeiten zu Menschen, und so endlich nach Holland. Er war mit einem Boot zur Klippe gerudert, aber Heinrich war schon in die See gestürzt und verschwunden.

Weiter fehlte jetzt nichts, um die Lebenslampe auszulöschen, die nur noch schwach brannte. Denn nach diesem Schlag gestand mir mein Gatte, dessen Herz nun völlig gebrochen war, wie er im Stillen, ohne je davon zu sprechen, sein Alter auf die Liebe und den Wohlstand seines Sohnes Heinrich gestützt habe. Er hatte seinen Sinn zur Demut bequemt, und wollte sein ehemals misshandeltes Kind gern als seinen Wohltäter mit väterlicher Liebe und Dankbarkeit in seine Arme schließen. Dieses sagte er mir mit Tränen und zugleich mit höhnischem Lachen, denn in der letzten Zeit grübelte er auf seinem Lager immer darüber, wodurch er ein so ausgezeichnetes Unglück verdient habe. – Als ich ihn begraben hatte, wusste ich erst, welchen bitteren Trank eine arme Witwe auszuleeren hat, die nun von allen Habsüchtigen verfolgt, und wie ein verfolgtes Wild, welches zur Beute dienen soll, gejagt wird. Forderungen, Rechnungen, die noch nicht bezahlt waren, liefen ein; vieles war gewiss schon berichtigt, aber ich konnte es nicht beweisen, weil mein Mann bis zuletzt, so oft er sich nur erheben konnte, diese Angelegenheiten selbst besorgte und das Recht des Herrn nicht aufgeben wollte.

Unser Hausarzt, ein wohlhabender Mann, stand mir in diesem Wirrsal bei, und bald war die Ordnung hergestellt und alles beruhigt. Nun sollte ich aber erst den größten Schreck erleben. Derselbe Mann, den ich für unseren redlichsten, vertrautesten Freund gehalten hatte, kam nun mit einer ungeheuren Rechnung. Alle die vielen

Gänge, die er seit manchem Jahr in unser Haus getan, waren genannt, und jeder auf das teuerste angesetzt. Wenn ich diese Summe bezahlen musste, so blieb mir, das konnte ich vorher wissen, von meinem Vermögen gar nichts übrig, denn auch auf dem Haus, welches mir noch gehörte, lasteten schon viele Schulden. Ich wusste, dass mein Mann vierteljährlich diese Rechnungen, wenn sie eingereicht wurden, bezahlte; ich sagte also dem Advokaten (denn der Doktor hatte nicht den Mut, selber zu mir zu kommen), diese Schuld würde ich auf keine Weise anerkennen. So wurde die Sache denn gerichtlich gemacht. O meine Freundin, welch schlaflose, jammervollen Nächte brachte ich nun bis zur Entscheidung hin. Ich suchte unter den Papieren, ganze Kisten erforschte ich bei nächtlicher Lampe, Blatt für Blatt, meine Angst stieg immer höher, bis zum Schwindel und zur Ohnmacht, je näher der Gerichtstag heranrückte. Mein Mann war schon in seinen glücklichen Zeiten niemals ordentlich gewesen; seitdem aber unser Hauswesen in Verfall geraten war, seitdem ihn die Krankheit zu allen Geschäften untauglich machte, ließ er vollends alles gehen, wie es wollte. Der Advokat hatte mir gesagt: wären die Summen, die der Doktor forderte, schon seit Jahren, und die letzten neuerdings bezahlt, so müssten sich ja doch die Quittungen des Arztes vorfinden, könne ich aber solche nicht vorweisen, so würde vom Gericht die Forderung des Doktors gewiss anerkannt werden. – Ich fand nun alles Mögliche, aus den ältesten Zeiten, sogar Schuldverschreibungen längst verstorbener oder entlaufener Bankerottierer, nur nicht, was ich suchte. In Todesangst durchforschte ich manche Kisten und Schubläden zwei- und dreimal, und in der letzten Nacht, als ich wieder so gearbeitet hatte, lief ich händeringend die Stube auf und ab, und betrachtete mein schlafendes Wilhelminchen, das so sorglos in seinem Bettchen lag, und so gesund den Atem in die Kindesbrust schöpfte. Kalter Todesschweiß stand mir auf der Stirn, der Morgen dämmerte schon herauf, und die furchtbare Stunde der Entscheidung rückte näher und näher. Viele Papiere lagen auf dem Boden, die ich, wie ich sie untersuchte, in der Beängstigung umhergestreut hatte. So nehme ich, ohne zu denken, ein Briefkuvert auf, ich hatte es vorher schon zwei-, dreimal angesehen. Die Aufschrift war von der Hand des Doktors: ich mache es noch einmal auf, ein Blatt ist darin, es ist eine Quittung aus den letzten Zeiten, in der gesagt wird, dass man als vierteljährige Rechnung den Empfang der Summe bescheinige.

Ich zitterte an allen Gliedern und musste mich niedersetzen. O wie erbarmungswürdig ist, wenn der Mensch, der schon die größten Schmerzen erlebt hat, der Kinder und Gatten verlor, dem das Herz vom Eintreten der furchtbaren Todesgestalt schon öfter zerrissen ward, auch noch um Geld und Gut, wie mit entsetzlichen und riesenhaften Ungeheuern kämpfen muss, weil mit diesem Verlust ihm ein unübersehbares Elend entgegentritt.

Ich wusste nicht mehr, wie mir war. Mit Tränen umarmte ich mein Minchen, und begab mich nach dem Rathaus. Der Doktor war auch schon da; es war, als wenn er nicht den Mut hätte, mir ins Gesicht zu sehn. Mein Anblick mochte auch wohl ein sehr elender sein, da ich so viele Nächte nicht geschlafen und seit lange fast nichts genossen hatte. Das Gericht versammelte sich. Es war mir, als wenn mich alle mit dem größten Mitleid betrachteten. Es waren freilich auch einige alte Herren darunter, die öfter in der Zeit unsers Reichtums an unserer fröhlichen Tafel gespeist hatten. Der Advokat trug noch einmal die Klage meines Gegners vor, und der Richter meinte, wenn der Doktor die Rechtmäßigkeit seiner Forderung beschwören wolle, da ich nichts Schriftliches für die Wahrheit meiner Behauptung aufweisen könne, so müsse man ihm sein Recht widerfahren lassen, und von mir die Summe herbeigeschafft werden; könne ich aber nur eine einzige Quittung aufweisen, so sei freilich die Präsumtion für mich und meinen Mann, dass die ganze große Summe getilgt sei. Ich schwieg still, und sahe zur Erde. Der Doktor sagte in einem wortreichen Vortrag, wie er seit manchem Jahr der Freund unseres Hauses gewesen sei, und wie er den kranken jähzornigen Mann, dessen Umstände sich außerdem immer verschlimmert hätten, nicht mit seinen Rechnungen habe ängstigen wollen, weil er ihn dadurch vielleicht noch kränker gemacht hätte. Er habe ihm, mir und meinen verstorbenen Kindern außerordentlich viel von seiner Zeit aufgeopfert; er habe immer auf eine Erbschaft gehofft, wodurch er in den Stand gesetzt würde, mich gar nicht als Gläubiger zu belästigen, diese Erwartung sei aber fehlgeschlagen, und er dadurch selbst in großer Verlegenheit; er sei also gezwungen, so ungern er es tue, sein Recht geltend zu machen. Alles schwieg. Diesen Umständen nach, sagte der Richter, werden Sie also, Herr Doktor, in Gegenwart unserer aller und der Verklagten, einen feierlichen Eid ablegen, und Gott zum Zeugen anrufen, dass Ihre Forderung eine gerechte sei. Ich bin bereit, sagte der Mann, erhob die Finger und schlug die großen Augen wie zum Himmel hinauf. Ich fühlte in mir eine entsetzliche, möcht' ich doch sagen, höllische Schadenfreude, eine Empfindung, von der ich in meinem Leben niemals eine Ahndung gehabt hatte. Eine einzige und zwar deutliche Quittung, rief ich nun mit lauter Stimme, wird diesen Mann, der eine arme trostlose Witwe zur Bettlerin machen will, auf ewig zu Schanden machen. Ich rannte, stürzte zum erschrockenen Richter, und gab ihm zitternd die Quittung; alle Versammelten sahen groß mich, und dann mit Verachtung den Doktor an, der mit leichenblassem Antlitz vor den Schranken stand, und sich an seinen Stuhl halten musste, um nicht umzufallen. So viel sah ich noch. – –

Hier wurde die Erzählerin plötzlich von einem überlauten Geräusch von der Straße herauf unterbrochen, denn wohl zwanzig Trommeln wirbelten und lärmten gewaltig, und zogen von der nahen Wache durch die Gassen. Als das Geräusch sich entfernt hatte, und man sich wieder vernehmen konnte, sagte die Frau Gerstner halb erschrocken: Himmel! schon neun Uhr! Wie die Zeit vergeht: mein Mann wird schon auf mich warten. Haben Sie aber doch noch die Güte, mir den Schluss Ihrer traurigen Geschichte mitzuteilen. Nun waren Sie ja von der Schuld und Bezahlung losgesprochen, und der schlechte Mensch, Ihr Doktor, war in seiner ganzen Schändlichkeit offenbar geworden.

Ja, meine teure Freundin, sagte die Mutter, so ist es, aber ich war zu weit gegangen, ich hatte mich versündigt, nicht vielleicht an dem bösen Mann gerade, sondern an dem Menschen, Gottes Bildnis, und an mir selber. Ich hätte den bösen Mann sollen zu mir kommen lassen, um ihn im Stillen zu beschämen, wir konnten dann den anderen Menschen sagen, wir hätten uns billig verglichen, und er konnte vor seinen Kollegen und Freunden noch den Großmütigen spielen. Nun war aber der Mann beschimpft, sein Glück zerstört, keiner wollte mehr mit ihm, als einem, der öffentlich meineidig war, umgehn oder in Gesellschaft sein. Er musste die Stadt verlassen, und ist nachher in einem kleinen Orte in Kummer und Elend gestorben. Aber ich – o liebe Frau – und verstummte ich lieber, als dass ich weiter spräche. Sehen Sie, ich wurde auch für meine abscheuliche Schadenfreude gestraft. Aber, was ich Ihnen jetzt sagen werde, ist nur für Sie, und ich hoffe. Sie teilen es keinem Menschen mit. – Als ich wieder zu mir kam, war ich an einem fremden Ort, unter Menschen, die ich nicht kannte. Ich war schon vor dem Gericht in Ohnmacht gefallen, und hatte nachher meine Besinnung nicht wiedergefunden. Ich war im Irrenhaus. Nach unglücklicher Raserei war ich in ein tödliches Nervenfieber gefallen. Jetzt war ich davon geheilt, und fand nach und nach mein Bewusstsein wieder, und den wenigen Verstand, den mir der Himmel hatte schenken wollen. Hier in dem unglücklichen Haus hatte ich einen wahren Freund gefunden, den Arzt der Anstalt, er hatte sich meines lieben Kindes angenommen, ein halbes Jahr war verflossen, und ich konnte mit der bestimmten Hoffnung entlassen werden, dass diese unglückseligste aller Krankheiten nicht wiederkehrte. Er half mir nun mein Haus ziemlich vorteilhaft verkaufen, und nachdem alle Schulden getilgt waren, blieb mir noch ein kleines Kapital übrig, von dessen Zinsen ich bescheiden und in Beschränkung leben konnte. Er fand es aber auch notwendig, was mein Wunsch gewesen war, wie ich zu mir kam, diese Stadt, meine Heimat und meinen Geburtsort zu verlassen, weil mich hier zu viele Menschen kannten, und weil es doch eine Art Makel mit sich führt, wenn die Leute es wissen, dass man einmal seines Verstandes nicht mächtig gewesen ist. Es war auch besser, wenn ich nach einem recht kleinen und wohlfeilen Ort hinzog. So geschah es denn auch, nachdem mein Kapital so sicher und vorteilhaft wie möglich angelegt war. Das Städtchen, wo ich nun wohnte, lag abseits von der großen Straße, und mir gefiel diese Einsamkeit und dass die Menschen sich um mich gar nicht bekümmerten. Hier konnte ich nun ganz meinem Kinde leben; seine Erziehung, sein Wachstum, die Entwicklung seiner Kräfte und Begriffe, alles das war nun meine Lust, wenn wir auf Spaziergängen im einsamen Wald, auf der Höhe des Berges uns am Frühling, an Baum und Blume freuten, wenn das liebe Wesen von mir Lesen und Stricken lernte, wenn ich sah, wie diese Liebesfähigkeit, die das Schönste im Menschen ist, sich mit jedem Tag mehr entfaltete, denn ihre Liebe zu mir und zu allem Guten und Schönen, soweit sie es begreift, ist wahrhaft himmlisch. Nun werden Sie auch begreifen, liebe gute Freundin, warum ich Minchen unmöglich von mir geben, wie ich ihre Gesundheit und ihr Leben nicht auf das Spiel setzen darf, wie es auch meine Pflicht ist, mich, so lange als möglich, für sie zu bewahren, denn sie ist ja mein einziger Schatz, das einzige Gut, welches mir von meinem ganzen Leben übrig geblieben ist. Denn im vorigen Jahr verlor ich fast mein ganzes Kapital, weil das Haus, welches so sicher schien, fallierte. Mit zweihundert Talern reiste ich nun hierher nach Berlin, in der Hoffnung, in dieser großen Stadt

Gelegenheit zu finden, durch meine Arbeit etwas zu verdienen. Jener Arzt den ich um Rat frug, ist seitdem gestorben. So mietete ich mich hier ein und machte Ihre Bekanntschaft. Die Reise hierher, meine kleine Einrichtung, und dass ich auch eben keine Abnehmer meiner Stickereien gefunden habe, das alles, wie Sie wissen, hat mein Geld aufgezehrt. Sie haben mir geholfen, Ihrem Bruder bin ich schuldig, so wie dem Mietsherrn hier im Haus, und bald muss etwas geschehen, oder ich bin ganz verloren.

Die Frau Gerstner stand jetzt auf, um fortzugehen. Sie fasste die Hand der Erzählerin, drückte sie herzlich, und hielt sie lange in der ihrigen eingeschlossen, indem sie der bekümmerten und durch die Erzählung aufgeregten Mutter in das gerötete feine Angesicht schaute. Liebe Frau Nachbarin, sagte sie dann nach einer Pause, geehrte Freundin, ich gehe mit ganz andern Gedanken von Ihnen, als mit denen ich in Ihre Stube trat. Ich bin nur eine gemeine Frau, und kann Ihnen das nicht so in Worten ausdrücken, was ich denke und fühle. Alles das, was ich erst für eine Wohltat hielt, passt nicht für Sie, und doch seh' ich für jetzt auch keine Hilfe für Sie. Mein Bruder, es ist wahr, er ist hart, aber er ist nicht so schlimm, wie er sich oft anstellt. Er hat Sie etliche

Mal grob gemahnt, und er nahm sich vor, noch gröber zu werden, aber eigentlich nur, um Sie in sein Projekt hinein zu ängstigen. Denn glauben Sie mir nur, er würde sich was Rechtes darauf einbilden, wenn er Sie vor seines Gleichen als seine angetraute Frau hinstellen könnte; denn haben wir auch bis jetzt nicht gewusst, dass Sie sogar vornehm gewesen sind, so haben wir doch immer einen großen unsichtbaren Respekt vor Ihnen gehabt. Nun werde ich dem alten Christel den Kopf zurechtsetzen, er muss nicht mehr grob gegen Sie sein, der dumme Mann. Denn – wie soll ich nur gleich sagen? – liebwerteste Frau Nachbarin, der Respekt ist jetzt bei mir weg, aber seit Ihrer Erzählung habe ich eine so heilige, gottselige Ehrfurcht vor Ihnen. Ich denke, wen Gott unser Herr so mit Unglück heimsucht, an wessen Herz er so oft anklopft und schlägt, der muss ein ganz besonderer Liebling von ihm sein, mit dem will er noch einmal recht hoch hinaus, wenn auch nicht auf dieser Erde, doch wenigstens in seinem Himmelreich. Darum fassen Sie Mut, Frauchen, denn der Herr hat Sie als die Seinige bezeichnet. Ich habe ja wohl gehört, bei den Heiden sei es ein Glaube gewesen, wenn ein Mensch immer und immer so recht Glück habe, und recht großes, und was in die Augen fällt und unvermutet kommt, so sei ihm das Elend am allernächsten. Sie sind wie eine Heilige, es muss Ihnen noch auf Erden wieder einmal recht wohl werden, und vielleicht geschieht das bald. Ich gehe, als wenn ich aus der Kirche käme, und morgen kann mir bei der schönen Musik in der Kirche nicht feierlicher sein.

Als sie weggegangen war, und die Mutter, die ihr die Treppe hinuntergeleuchtet hatte, zurückkam, fand sie die kleine Tochter schon in der Stube, welche ihr entgegen rief: jetzt, Mütterchen, gehn wir wohl, denn sonst wird es zu spät?

Ja wohl kann es zu spät werden, sagte die Mutter nachdenklich.

Aber freust du dich denn nicht auch ein bisschen?, fragte die Kleine, indem Mutter und Tochter ihre wärmenden Mäntel umnahmen.

In deiner Freude, antwortete die Mutter.

Liebste Mutter, sprach die Kleine lebhaft, zeige mir noch einmal den Taler persönlich und leibhaftig her, für den wir alle die schönen Sachen einkaufen wollen.

Die Mutter lächelte wehmütig, nahm die Münze aus der Tasche und legte sie in die Hand ihres Kindes.

Was das Ding schwer ist!, rief Wilhelmine: ja, das nennen nun die Leute Kurant, oder einen harten Taler. Ja, man hat auch einen ganz anderen Respekt vor diesem großen harten Stück Silber, als wenn so die einzelnen grauen vierundzwanzig Groschen, oder gar achtundvierzig Sechser vor uns liegen. Und doch! was kann sich ein armes Kind, wie ich eins bin, schon für einen einzigen Sechser für Freude machen! Und das nun achtundvierzig Mal! Ist ganz nahe an fünfzig! Fünfzig ist ein halbes Hundert. Ungeheuer! Es ist aber recht vernünftig, mein Mütterchen, dass wir beide in Gesellschaft einkaufen. Und warum nicht? Nun sehe ich alles vorher, kann denken: das kriegst du vielleicht, das nicht! So gehört mir fast alles. Freilich werde ich nicht überrascht. Das ist aber auch nicht gar so viel wert. Wenn der Taler doch, liebste Mutter, ein Hecketaler wäre, von dem ich mir habe erzählen lassen, dass er immer wiederkommt, wenn man ihn ausgegeben hat, oder der sich vermehrt und immer wieder verdoppelt, wenn man ihn in der Tasche oder im Kasten hat.

Jetzt hältst du nur auf, Minchen, sagte die Mutter, und das Kind gab schnell den Taler zurück. Drin, sagte die Kleine, indem sie hinausging, steht nun schon der Kuchen und die kleine Pyramide für die paar Wachslichterchen, und nachher machen wir alles recht schön.

Unten erwartete sie schon die große starke Dienstmagd, die das kleine Kind im Getümmel der Menschen tragen sollte, damit es sehen könne, und auch nicht verletzt oder beschädigt würde. Diese Person wurde nur bei besonderen Veranlassungen gemietet, weil die Mutter sonst alles in ihrer kleinen Wirtschaft allein besorgte.

Als sie aus der Haustür traten, gerieten sie sogleich in das Gedränge der Menschen, und die kleine Tochter musste sich auf die Arme der Magd flüchten, um nicht übergerannt zu werden. Die Mutter glaubte, ihre Freundin Gerstner zu sehen, die mit dem Bruder sprach, oder wohl gar zankte. Es war, als wenn noch ein dritter Mann sich in das Gespräch mische, aber sie konnte nichts unterscheiden, denn die Flut der Menschen hatte sie in wenigen Augenblicken weit von jener Gruppe weggedrängt. Die Mutter glaubte, der Bruder der Freundin habe sie doch noch besuchen und mahnen wollen, und die redselige Frau wolle ihn durch Bitten oder Zank zurückhalten. So stürzte sie sich also gern und mit Freude in das lärmende Getümmel, welches sie, wenigstens auf kurze Zeit, von diesen trüben und drückenden Verhältnissen befreien solle.

Minchen jauchzte schon auf den Armen ihrer Trägerin, bevor sie noch den Schauplatz des Festes, die »breite Straße« selbst erreicht hatten. Die Mutter gab nur Acht, dass sie nicht von ihrem Kind weggedrängt wurde, da sie wusste, wie sehr die Magd ebenfalls nur für die Lichter, das Spielzeug, den ausgelegten Konfekt, und alle die reizenden Seltsamkeiten ein Auge haben würde.

So war es denn auch wirklich schwer, sich nicht voneinander zu verlieren, um sich vielleicht in einer Stunde nicht wiederzufinden. Dieser letzte Abend vor dem Fest, der wichtigste, und gerade diese Stunden zogen alle jene Menschen herbei, die bis jetzt noch nicht eingekauft oder die ausgelegten Trefflichkeiten in Augenschein genommen hatten. So waren denn auch die Verkäufer gerade jetzt am meisten beschäftigt, und bei vielen Buden mussten die Andringenden lange warten, bevor sie nur zugelassen werden konnten. Daher war eine allgemeine Ungeduld fühlbar, und an manchen Stellen wurden die Käufer so übereilt, dass mancher mit Missvergnügen die zu teuer erkauften Herrlichkeiten nach Hause trug. So waren auch die übermütigen, oft ungezogenen Jungen in diesen letzten Stunden der Lebendigkeit des Marktes lärmender und schreiender als sonst, und der Ausruf: »Pyramiden, Waldteufel kauft!« betäubte das Ohr, indem andere noch zum Überfluss auf Dreier- und Groschen-Trompetchen oder schrillenden Pfeifchen die widerwärtigsten Töne hervorbrachten. Einige andere liefen mit Trommeln und schlugen Wirbel, andere schrien nur, und noch einige machten sich ein Vergnügen daraus, wo das Gedränge am wildesten, wo das Klagen oder Schelten der Gestoßenen am lautesten war, von hinten noch mit aller Macht einzuschieben und den verflochtenen Menschenknäuel noch mehr zu verwickeln. Die kleine Wilhelmine hatte nicht Zeit, dies zu bemerken, oder wie die Mutter sich vor dieser übertriebenen Lebhaftigkeit zu fürchten, denn Auge, Ohr und Seele war ganz in Bewunderung der tausend Lichter, der bunten Spielsachen, der gefärbten Kuchen und Zuckersachen, der täuschenden Früchte aus Wachs, vorzüglich aber der schönen Knaben und Mädchen mit den niedlich geformten Wachsgesichtern und Händen, die ihr weit schöner, als die wirklichen Menschen vorkamen.

Die Mutter hatte nur immer Acht auf ihren Liebling, um den sie sich ängstigte, sich aber auch der Freude nicht erwehren konnte, wenn hie und da ein Wandelnder die Schönheit des Kindes und den feinen Ausdruck seines Gesichts bemerkte und zum Lob des Kindes mit einem andern sprach. Nur war sie verdrüsslich, dass sich im Weitergehen schon zwei- bis dreimal ein großer Mann zu ihr gedrängt hatte, der sie und das

Kind mit einem anstarrenden, unerlaubt neugierigen Blick zu prüfen schien. Die Kleine hatte einmal, wie im Schreck, den Kopf umgewendet, als ihr sein Gesicht nahegekommen war, das auf eine unangenehme Art mit großen Blatternarben entstellt war. Als er sich, nachdem man weitergegangen war, wieder herbeidrängte, benutzte die Mutter geschickt eine Ausbeugung, um in der Nähe des Schlosses eine andere Richtung einzuschlagen.

So war man denn zweimal die ganze Ausdehnung des Marktes durchwandelt, und Wilhelmine schien in der Tat müde zu werden, sodass sich nun die Mutter entschloss, schnell einzukaufen, und dann nach Hause zu kehren. Noch einmal kam ihnen das Gesicht mit den Blatternarben nahe, der Mann schien sie aber diesmal nicht zu bemerken. Eilig machte sich die Mutter an eine Bude, die mit mancherlei Spielzeug versehen war, und wo die Verkäuferin, eine alte starke Frau, sie schon einige Mal freundlich angerufen und eingeladen hatte. Ein Wachspüppchen, eine Figur, die sich schaukelte, eine kleine Jagd, die sich beim Herumfahren drehte, und ein springendes Vögelchen, welches hüpfte, wenn man unten den klimpernden Leierkasten in Bewegung setzte, verschlangen das Kapital, welches der fröhlichen Nacht geopfert werden sollte. Minchen schlug vor Freuden bei jedem eroberten Stück in die Hände, und die dicke Verkäuferin, so sehr sie dergleichen gewohnt sein musste, konnte sich nicht enthalten, über den lebhaften Ausdruck des Kindes zu lachen. Die Sachen sollten eingepackt werden, und die Mutter suchte den Taler hervor, suchte wieder, und konnte nichts finden. Sie trat näher, erforschte ihre Taschen, ihr Tuch, aber durchaus war die Münze nicht zu treffen. Liebe Frau, stammelte sie endlich, ich habe das Geld verloren oder es ist mir gestohlen worden. Sie war bleich und zitterte, und aus dem ruhigen Angesicht des Kindes fielen zwei große Tränen nieder. Ich muss die Sachen also hier lassen, sagte die Mutter: komm Minchen, du armes Kind. – So hätten Sie mir auch nicht so lange Zeit die Mühe machen sollen, rief die Verkäuferin mit einem widerwärtigen Ton, die anderen ehrbaren Kunden sind durch Ihr Mäkeln und Markten abgehalten worden. Wenn man einkaufen will, muss man auch Geld mitbringen. Verloren? Gestohlen? Das kann ich nicht so leicht glauben. Der sonderbare Mann, vor dem das Kind sich gefürchtet hatte, war wieder sichtbar, und schien bei dem lauten Geschrei herandrängen zu wollen, aber die beschämte, traurige und ganz zerknirschte Mutter benutzte geschickt eine Öffnung des Haufens, und zog sich sogleich in die finstre Einsamkeit hinter den Buden zurück. Hier nahm sie das Kind selbst auf ihren Arm und sagte der Magd, dass sie gehen könne. So ging sie trauernd nach Hause.

Du bist betrübt, sagte die Kleine, und schmiegte sich an den Hals der Mutter: sei es nicht! Sie sagen immer, das Christkind zöge ein und bescherte in den Häusern, nun so ist es an unserer Tür vorübergegangen. Es besinnt sich wohl übers Jahr besser, wenn ich die ganze Zeit recht gut und artig bin. Der böse garstige Mensch mit seinem blättrigen Gesicht hat dir gewiss den Taler aus der Tasche genommen. Habe ich doch alles gesehn, so viel Herrliches, dass ich es Zeit meines Lebens nicht wieder vergessen werde, und habe ich doch auch zu morgen noch die süßen Pfefferkuchen. Vielleicht, dass manches Kind die nicht einmal hat. Nicht wahr, mein Mütterchen?

Die Mutter drückte das Kind mit den schmerzlichsten Gefühlen näher an ihre Brust, und verschluckte ihre bitteren Tränen. So kamen sie vor ihre stille finstere Haustür. Das Kind stieg vom Arm gelassen, wohlgemut die vielen Stufen zum Dachstübchen hinan, und hielt der Mutter, als diese das Licht angezündet hatte, ein heiteres, fast lachendes Angesicht entgegen. Ich bin nun recht müde, sagte sie, ich werde mich gleich zu Bett legen. Die Mutter half ihr beim Auskleiden, indem sie mit Betrübnis wohl sah, wie das kluge Kind sie durch verstellten Frohsinn trösten und beruhigen wollte.

Sie ging dann, weil sie zu unruhig war, um schlafen zu können, in die Stube, und sagte zu sich selber: Warum hat mich dieser Vorfall, der gegen alles, was ich schon gelitten, nur eine Kleinigkeit zu nennen ist, fast mehr erschüttert, als manches wahrhaft große Unglück? Ja, es kündigt sich als ein Unterpfand an, dass mir in diesem Leben nichts mehr gelingen soll, dass ich in Elend, Hunger, Frost und Krankheit kümmerlich und verächtlich verschmachten werde. Ich hätte mit dem aufgesparten Geldstück einen Teil meiner Schuld abtragen sollen, und nicht auf unnützes Spielzeug denken. Der Elende, der Bettler soll sich gar nicht mehr erheitern, an nichts zerstreuen wollen; diese Absicht schon ist Sünde, und so ist mir Recht geschehen, dass ich für mein letztes Geld Beschimpfung eingekauft habe. Diese ist mein Weihnachten, Trostlosigkeit mein Fest.

Bei diesen bitteren Vorstellungen brach sie in Tränen aus, die ihren Busen wieder etwas erleichterten. Wie sie ihr Leben ordnen, was sie beginnen sollte, darüber wusste sie sich keinen Rat. Sie ging wieder in die Kammer und betrachtete beim

Schein der Lampe das Angesicht des Kindes, welches schon fest und ruhig schlief. Gibt es wohl viel Erwachsene, sprach sie, die mit der Ergebenheit sich in das Verschwinden einer lang erhofften Freude finden könnten? Ich weiß aber, es ist nur die Liebe des Kindes zu mir, welche ihm diese Stärke gibt. Sie kniete vor dem Bett ihres Lieblings nieder, und wendete sich in einem brünstigen Gebet zu Gott: o mein Schöpfer und Erhalter, sprach sie, lass nicht diesen Wurm im bittersten Elend, in den herbsten Qualen verschmachten. Aber, o Barmherziger, lieber das, lieber augenblicklichen Tod, als dass sie schlecht würde, dass die Armut die Geliebte zum Laster verlockte. O mein gütiger Vater, soll ich bald sterben, so schaffe es, dass sich gute, ehrbare Leute des armen Wurms annehmen, die sie zur Tugend und Gottesfurcht erziehen. Ach, du unermessliche, unerschöpfliche Güte, du unser liebender Vater, ist es Unrecht, ist es Sünde, dass ich mein Kindchen zu sehr liebe, dass sie mir mein Alles, mein Alles ist, dass ich nur sie mit meinen Gedanken denke, und mit meinem Herzen fühle, und dich, du Unsichtbarer, wohl oft darüber vergesse, scheinbar vergesse, so vergib mir diese Sünde, strafe mich nicht, dass mir dies Kind entrissen werde, dass der Tod mich dem Wesen raube, das meiner Liebe noch bedarf.

Da richtete sich Wilhelmine in ihrem Bett hoch auf, sah die erschrockene Mutter mit der lieblichsten Freundlichkeit an, und sagte: nein, mein Mütterchen, glaube mir, das kann dir der hohe allmächtige Gott gewiss nicht zur Sünde anrechnen. Du nennst ihn den Unsichtbaren, und so habe ich es auch gelernt; aber ich glaube, wir können ihn auch sehn, wenn wir nur wollen. Weißt du nicht, unser Hündchen, das wir draußen auf dem Land hatten, dem waren wir so gut, aber was konnte doch eigentlich das liebe Tierchen von uns begreifen? Und doch sah es uns alle Tage. Wir konnten ihm nur zu fressen geben; und dann war es außer sich vor Freude, wenn es mit uns spazieren ging. Und was hatte es davon? Es wusste nichts von Berg und Wald und Blumen, es lief nur, und bildete sich ein, es könnte mit den Pfötchen Mäuse aus der Erde graben. – Sieh, ich habe viel heut Abend gedacht. Ich war recht traurig. Da kamen mir denn Gedanken: ja, ja, lache nicht, oder so Einfälle, wunderlich genug. Ich sah meine Hände an, die fünf Finger an jeder, damit kann ich nähen, stricken, schreiben. Wenn sie ein Buch hinlegen, kann ich mir von dem Papier eine hübsche Geschichte herablesen. Morgen gehn wir in die Kirche, da um die Ecke. Ei, die schöne Musik, das hohe Gewölbe, was man sich dabei alles denken kann. Als du mich heute nach Hause trugst, sah ich über mir die schönen, schönen, die wunderbaren Sterne. Die sollen so weit, weit von uns sein. Dann kommt auch Sommer wieder, mit Vögeln, Blumen und grünen Maien. Nun werde ich auch größer, und sie sagen mir, dann werde ich auch vernünftig denken lernen. Denke mal alles das nach, Mütterchen – und unser Hündchen war mit seinen Pfötchen und kuriosen Blaffen so fröhlich, und konnte sich von alle dem nichts träumen lassen. Haben wir aber nicht so tausend und tausend Herrlichkeiten, Schätze, Wunder, auch wenn wir noch so arm sind? Wir könnten ja auch solche Hündchen sein, nicht wahr? Und der kleine Bengel ließ sich drum keine Sorgen ankommen. – Aber ja, ja, wie uns der Gott, zu dem du betest, mit seiner Gnade erhebt, so sind wir auch wieder dadurch mit Tränen bei der Hand, und haben deshalb Trübsal, weil er uns so viel Glück geschenkt hat. Und darum denke ich auch, ich kann ihn sehn, und ihm alles so recht treuherzig erzählen und vorklagen.

Ach Kind! Kind!, sagte die Mutter mit dem herzinnigsten Ton, und verlor sich im Anschaun dieser himmelsklaren Augen, aus denen ihr fast zum Erschrecken ein zu frühreifer Geist entgegenblickte; ja, Herzchen, ich will mich nicht darum ängstigen, dass ich dich zu sehr, wohl gar abgöttisch liebe. Der Herr und Gott, der Christus den du persönlich kennst und siehst, wie du sagst, der wird uns beiden helfen.

Da hörten sie noch so spät schwere Männertritte auf der Treppe und erschraken beide. O Himmel!, rief die Mutter beängstigt: sollte mich der grobe Mann noch in später Nachtzeit mahnen wollen? Hat er vielleicht gehört, wie ich mein Geld zu verschwenden dachte?

Man klopfte. Die Mutter hatte das Licht wieder angezündet, und herein trat mit ungewissen Blicken, zaudernd und fast zitternd, jener lange Mann, den Mutter und Kind auf dem Markt bemerkt hatten, dessen Angesicht so auffallend von Blatternarben zerrissen war. – Die Mutter leuchtete mit dem Licht, um den Fremden, der ihr unheimlich dünkte, zu beobachten, und jener wusste nicht, wie er sich benehmen, was er zuerst sagen sollte. Endlich, nach einigen ungewissen Reden, welche um Verzeihung bitten sollten, bemächtigte er sich selbst des Lichts, leuchtete der kranken Frau ins Antlitz, betrachtete sie scharf und prüfend, setzte dann das Licht wieder auf den Tisch und sagte mit heller Stimme: heiliger Gott! so ist es dennoch wahr? Sie sind, ja Sie sind die Kommerzienrätin, die Frau Bertha Wendlig? Ja, ja, Sie sind es!

Die Mutter war in einen Stuhl vor Schreck gesunken, den sie selber noch nicht verstand. Der Fremde verbarg weinend und schluchzend sein Gesicht in ihren Schoß, endlich erhob er sich wieder, und schaute sie an, und sie sagte, fast tonlos: lieber Himmel! also wärst du wohl gar mein Heinrich? Und du lebtest noch?

Freilich!, rief jener: Mutter, Mutter, ich lebe noch! Ach Gott, wie soll ich es nur in Worte fassen, was ich in diesem Augenblick empfinde? Und dass ich Sie, Liebste, Beste, Leidende, noch antreffe. Dass ich Ihnen doch einigermaßen die Liebe vergüten oder vergelten, oder nur dafür danken kann, die Sie mir von frühster Jugend an erwiesen haben.

Und wie ist es nur möglich? Wie kann es sein?

Sie haben damals von meinem Schiffbruch vernommen. Ich hatte mich dem Tod geweiht. Mein Freund, der starke Holländer, schwamm an das Ufer, das freilich wenigstens eine Meile entfernt war. Ich saß auf meiner Klippe, im Fieber zitternd, schwach und ohnmächtig, und erwartete mit Gleichgültigkeit, dass mich die nächste Flut hinunterspülen würde. Da gedachte ich meiner frühen Entzückung über den Robinson, und was wir beide, liebe Mutter, darüber gesprochen und fantasiert hatten. Nun war es freilich auf dieser Felsenspitze, ganz nackter Stein, und ringsum weite unabsehbare See, etwas anders. Schon am Nachmittag segelte zu meinem Glück ein Schiff vorüber, das meine Notzeichen bemerkte, ein Boot aussetzte und mich rettete. Ich war aber noch so krank, dass es dem Schiffsarzt ein Wunder dünkte, wie ich nach und nach wieder zur Gesundheit und Kraft genesen konnte. Dies Schiff hatte seinen Kurs nach meiner neuen Heimat, wo ich mich schon seit zwei Jahren verheiratet hatte. Und zwar mit dem reichsten Mädchen auf der ganzen großen weiten Insel. Sie liebte mich wahrhaft. Ich hatte dem Vater, nachdem ich in Europa mein Geschäft gründlich gelernt, und schon manches Glückliche ausgeführt hatte, zum Vorteil seines Handels mehr wie einmal viele schwere Dinge ausgeführt. Er gewann mich lieb, und verlobte mich mit seiner Tochter. Dieses Kind der Natur, in West-Indien aufgewachsen, wusste nichts von der europäischen Kultur und Verbildung. Sie folgte ganz ihrem Herzen, und dies Herz zeigte sich am edelsten, als mich eine tödliche Krankheit niederwarf, und sie die Pflege mit meiner Wärterin teilte. Die Blattern, die ich schon längst in Ihrem Haus überstanden zu haben glaubte, entstellten, nachdem ich gerettet war, mein Angesicht so, dass ich es ihr verziehen, wenn sie sich abgewendet hätte. Aber ihre Liebe und Treue blieb dieselbe. Wir wurden vermählt. Nun reiste ich aus, und erlitt jenen Schiffbruch. Ich wollte Sie schon damals aufsuchen. Jetzt ist mein Schwiegervater gestorben, ich habe mein Vermögen freigemacht, und bin herübergekommen, Sie aufzusuchen. Gott! da sagt man mir in meiner Vaterstadt, mein Vater sei längst tot, und Sie seien dort ebenfalls im Irrenhaus gestorben. Ein alter Aufwärter, denn der Vorsteher der Anstalt lebte nicht mehr, gibt mir endlich eine ungewisse Anzeige, dass Sie sich in einer kleinen Gebirgsstadt niedergelassen hätten. Ich eile dorthin. Nichts! Sie sind nicht dort. Ein Kohlenbrenner sagt mir endlich, wie eine Fabel, Sie wären als ganz verarmte Frau nach Berlin gezogen. Ich reise her. Die Polizei weiß nichts von Ihnen. Ich lasse Sie in allen Zeitungen auffordern. Die Blätter müssen dieser Tage erscheinen. Aber, welcher Nutzen, wenn sie Ihnen in Ihrer Einsamkeit nicht zu Gesicht kommen? So forschend, unglücklich und ungewiss höre ich endlich einen Streit heut Abend hier vor Ihrer Haustür. Ihr Name wird genannt, und von einer alten Frau Gerstner erfahre ich endlich mit ziemlicher Gewissheit, dass Sie hier, und in welchem Elend

Sie leben. Mir war, als wenn die Alte auf eine Frau wies, die im Gefolge eines Kindes und einer Magd aus der Tür trat. Ich hatte mir den Ausdruck und die Gestalt gemerkt, und eilte Ihnen nach, ich sehe Sie, liebste, teuerste Mutter, zwei-, dreimal dort im Getümmel des Marktes, hatte aber nicht Mut, Sie unter den vielen fremden Menschen anzureden. Nun sind wir hier. Nun habe ich Sie, Sie haben mich erkannt. Jetzt ist alles Glück und Freude und die schönste Weihnachtslust. Ja, herzliebe Mutter, Geliebteste, Ihr Elend ist jetzt vorüber. Ich bin reich, sehr reich, durch eigene Arbeit und das Vermögen meiner Frau. Ich zweifle, dass ein Kaufmann in dieser großen Stadt sich mir wird gleichstellen können. Drüben ist mein Haus, meine Frau, meine Kinder erwarten Sie, das kleine Wilhelminchen findet seine Bescherung und Lichter und Spielzeug gerade so, wie ich es meinen beiden Mädchen gab. Ich habe noch in der Eil eingekauft, und von meinen Bedienten in mein Zimmer schaffen lassen. Kommen Sie.

Wilhelmine war indessen still herbeigekommen. Du großer blatternarbiger Mensch bist also mein Bruder?, so sagte sie heiter.

Wohl, wohl, mein Schwesterchen, sagte der Fremde, hob die Kleine auf, küsste und drückte sie herzlich, und beide vergossen Tränen.

So weint sich's hübsch, sagte die Kleine: das ist eine andere Art von Tränen, nicht wahr, Mütterchen, als die wir bisher vergossen haben?

Die Mutter umschloss beide Kinder in seligen Gefühlen.

So war es auch wohl drüben bei dir, fragte die Kleine wieder, wo heut Abend der Vorhang am Fenster brannte, und die Kleinen so erbärmlich schrien?

Ja wohl, sagte der Fremde lächelnd. Jetzt musst du und die verehrte teure Mutter gleich mit zu mir hinüberkommen. Ich habe in Eil eure Zimmer einrichten lassen. Kinder und Frau erwarten uns drüben mit Ungeduld. Der Weihnachten ist aufgeputzt. Ihre kleinen Schulden sollen noch morgen bezahlt, und den Freunden, die Sie unterstützten, mit meinem Dank Geschenke gegeben werden, dass sie nicht bereuen dürfen, liebreich gegen Sie gewesen zu sein. Nachher sollen Sie die Wahl haben, geliebte Mutter, ob Sie hier bleiben, oder wo Sie irgend in Deutschland wohnen wollen. Aber leben sollen Sie nun, Ihrem Stande gemäß, oder vielmehr, wie Sie es verdienen.

Ei! Du großer, reicher Herr Bruder!, rief Wilhelmine: da hättest du uns auch auslösen können, als die alte Frau uns wegen des Talers so ausschalt.

Ich kam zu spät, sagte Bruder Heinrich, Ihr wart schon fort. Als ich nachfragte und Vorwürfe machte, fand die Alte den harten Taler wieder, er lag unter einem Husaren, den Sie, liebste Mutter, gewiss in der Eil darüber gestellt hatten, weil Sie gleich hatten bezahlen wollen. Nie habe ich eine Frau so zerknirscht gesehen, wie diese gute Alte. Sie wütete im eigentlichen Verstand gegen sich selber, dass sie eine ehrbare Frau so hatte schelten, ein allerliebstes Kindchen so betrüben können. Morgen wird sie Ihnen mit ihrer Bitte um Verzeihung, in Ihrer neuen Wohnung den Taler wieder zustellen. – Aber sehn Sie, dort unten, Mutter, Kinder und Frau machen die Fenster auf, alles winkt und ruft. Kommen Sie, und komm du, Minchen.

Sie gingen. Nun, sagte die Kleine auf der Treppe leise zur Mutter: war es nun nicht doch ein Hecketaler? Hebe den ja gut auf. Und, ich hatte Recht, der Unsichtbare, oder unser Heiland tritt doch manchmal persönlich in unsre kleine arme Stube herein.